Mi amiga Berta

Berta tiene un gatito

Una historia de **Liane Schneider**
con ilustraciones de **Eva Wenzel-Bürger**

Traducción y adaptación
de Teresa Clavel y
Ediciones Salamandra

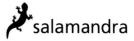
salamandra

Berta está en su habitación dibujando. ¿Y qué dibuja?
¡Un gato, por supuesto! Es su animal preferido. ¡Cómo le
gustaría tener uno! De repente se oye un frenazo en la
calle. Pero ella no deja de dibujar. Quiere tener el gato
acabado antes de que llegue su padre.

En el jardín, el padre de Berta se baja del coche. Casi atropella
a un gatito de rayas blancas y grises. El gatito está muy delgado,
y parece muy asustado.
Cuando el padre se agacha para cogerlo, el animal se va
corriendo.

Papá entra en casa. No se da cuenta de que el gatito entra detrás de él.
—¡Un gatito! —exclama Berta entusiasmada—. ¿Es para mí?
¡Eres el mejor papá del mundo!
El gatito se frota contra la pierna de la niña y ella empieza a acariciarlo.

—¿Cómo te llamas?
—¡Miau! —dice el gatito.
—Seguro que tienes hambre. Espera, voy a la cocina a buscarte leche.
Cuando su madre se entera de lo que ha pasado, le dice:
—Berta, no te lo puedes quedar. Seguro que su dueño está buscándolo.
A Berta se le saltan las lágrimas. ¡Le gustaría tanto tener un gatito!

—De momento nos lo quedamos
—dice papá—. Pero sólo hasta
que encontremos a su dueño.
¿De acuerdo, Berta? Vamos
a hacer unos carteles y los
pondremos en las tiendas.
Mientras el gatito duerme en
casa, Berta y su madre van a
la tienda a comprar pienso
y arena para gatos.
La dependienta coloca el cartel
en un lugar bien visible. ¡Berta
espera que nadie lo vea!

Berta y su padre hacen una
bandeja para la arena con una
caja de plástico vieja y la ponen
en el cuarto de baño. Luego,
Berta lleva allí a *Miau*. El gatito
se sube a la bandeja, pero no
sabe qué tiene que hacer. Para
darle ejemplo, Berta se sienta
en el váter y le dice:
—Mira, tienes que hacer pipí,
como yo.
Ahora *Miau* lo ha entendido
y la niña lo felicita.

Con unos cojines y unos trapos viejos, Berta ha convertido una caja de cartón en una mullida cama para *Miau*. La ha puesto en su habitación. Antes de dormir, el gatito se lava lamiéndose una pata que después se pasa por el pelaje. ¡Es una monada! Berta se lava también y luego se acuesta.

Al día siguiente, Berta está jugando con
Miau cuando de repente suena el teléfono. Es una
vecina: ha visto el cartel y cree que *Miau* podría ser su gato, que
se llama *Tigre*. La madre de Berta invita a la vecina a ir a casa para
comprobarlo. Berta no soporta la idea de perder al gatito,
así que decide esconderlo en el armario.

Pero parece que esconder a *Miau*
no es muy buena idea. Al gatito n
le gusta estar encerrado. Maúlla y
araña la puerta quejándose.

—¡Chsss, tranquilo! —susurra Ber
Pero *Miau* sigue quejándose. Por
eso, la mamá de Berta lo encuent
enseguida. Entonces lo lleva a la
sala, donde la espera la vecina.

Ella lo reconoce inmediatamente:
—Sí, es *Tigre*, el pequeño
aventurero.
La vecina les cuenta que su gata
tuvo tres gatitos. Y *Tigre*
siempre se escapa.
—A lo mejor es que no se
lleva bien con sus hermanos
—sugiere Berta.

—¿Sabe qué? —dice Berta—. Creo que le gusta estar aquí. Déjemelo, por favor. ¡Lo cuidaré muy bien! Jugaremos juntos, y además me encargaré de que su bandeja esté siempre limpia.

—Me parece bien, si tus padres están de acuerdo —responde la vecina, volviéndose hacia la madre.

—¡Por favor, mamá!

La madre asiente. Ella también se ha acostumbrado al gatito. Berta sonríe, radiante de alegría.

Antes de marcharse, la vecina enumera las cosas que *Miau* necesita:
un plato para el pienso, un recipiente para el agua, un cesto para
dormir, una bandeja para la arena y un cepillo.
—Puede que tenga pulgas —añade—. ¡Ha pasado mucho tiempo
en la calle! También podría tener gusanos. Deberíais llevarlo a un
veterinario. Os daré la dirección de la mía.

Al cabo de un rato, Berta va con su madre a comprar
lo que la vecina les ha aconsejado. También adquieren
un cesto para transportarlo y un collar antipulgas con
una medalla en la que se puede escribir la dirección
de los propietarios. Así, si *Miau* vuelve a escaparse,
la persona que lo encuentre sabrá cómo devolverlo
a sus dueños.

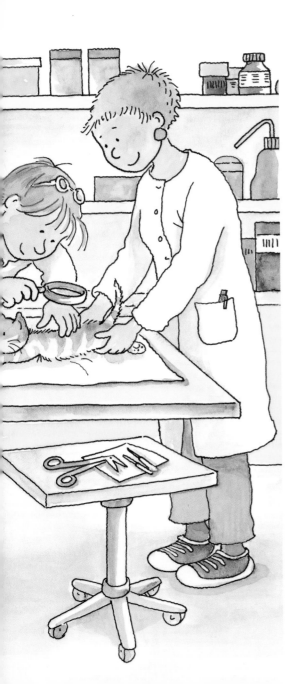

Esta tarde, Berta y su madre van a la veterinaria. Ella examina a *Miau* a fondo. Y, en efecto, el pobre gatito tiene pulgas. La doctora le da todos los medicamentos que necesita para estar bien.

Berta tiene muchas preguntas para la veterinaria.

—¿Los gatos también se lavan los dientes?

—No, Berta, y como no les gusta el agua, se limpian el cuerpo con la lengua. Seguramente ya se lo habrás visto hacer, ¿no?

—Sí. ¿Y también hay que vacunarlos?

—Claro. Eso lo haremos la semana que viene.

Después Berta va a visitar a su abuelo, que está haciendo bricolaje.

—¿Me podrías fabricar un rascador para gatos?

El abuelo se ríe y le pregunta:

—¿Y por qué necesitas un rascador?

Berta le cuenta toda la historia de su gatito. Y el abuelo se pone enseguida manos a la obra.

El abuelo ha trabajado deprisa. Hoy ha traído el rascador. Nada más verlo *Miau* ha empezado a usarlo. A la abuela le parece un gatito encantador.
—Me gustaría tener uno —dice—. ¿Me lo das?
—¿A *Miau*? ¡Ni hablar! —contesta Berta.

Título original: *Conni bekommt eine Katze*

Copyright © Carlsen Verlag GmbH, Hamburgo, 2006
www.carlsen.de
Copyright de la edición en castellano © Ediciones Salamandra, 2011

Derechos de traducción negociados a través de
Ute Körner Literary Agent, S.L. Barcelona - www.uklitag.com

Publicaciones y Ediciones Salamandra, S.A.
Almogàvers, 56, 7º 2ª - 08018 Barcelona - Tel. 93 215 11 99
www.salamandra.info

Reservados todos los derechos.

ISBN: 978-84-9838-392-8
Depósito legal: B-21.206-2014

1ª edición, octubre de 2011
2ª edición, noviembre de 2014 • *Printed in Spain*

Impresión: EGEDSA
Roís de Corella 12-14, Nave I. Sabadell